어떤 동네

어떤동네

유동훈 글·사진

낮은산

봄볕 좋은 어느 날, 찔레꽃집 앞에서
아이들이 활짝 웃음을 터뜨린다.

일제강점기 식민지 노동자의 집단합숙소 건물이었던 이곳은
폭발음 가득했던 한국전쟁의 참화 속에서도 용케 부서지지 않고
그 자리를 지키며 한 많고 사연 많은 가난한 사람들을 맞고
떠나보내기를 거의 한 세기 반복했다.
어른 하나가 간신히 지나다닐 수 있는 좁은 골목은
길이요, 빨래터였으며 함께 밥을 나누는 밥상이었고,
마늘이나 굴을 까는 일터였으며, 아이들의 술래잡기 놀이터였다.
나란히 마주 보고 있는 그 건물 사잇길로 발을 들여 놓을 때면
남의 집 안으로 신발을 신고 들어가는 무뢰한이 된 것 같아
미안한 마음이 들곤 했다.
십육 년 전 큰불이 나고 소방도로가 뚫리면서 하루아침에
한 동이 통째로 헐리었다.
헐리지 않은 골목 한쪽 집들은 칼로 베이듯 한순간에
그 생살이 드러났다.
햇볕 한 점 받기 힘들었던 골목집들의 벽은 제짝을 잃고
80년 세월의 습기를 가득 머금은 채 그 속 빛을 드러냈다.

사람들은 상처 난 생살에 약을 바르듯
벽을 덧대고 시멘트를 바르고 페인트를 칠했다.
집 앞에 스티로폼 박스를 놓고 굴막을 만들고 빨랫줄을 매고
고추를 심고 찔레꽃을 심으며 허방함을 메워 갔다.
가난한 이웃들은 금세라도 와르르 무너질 것 같던
낡은 집 속살을 싸매고 상처를 어루만졌다.
가난한 삶은 세월과 햇볕에 아문 자리를 굳혔고,
아이들은 고사리 손을 꼭 잡고 힘차게 걸음을 옮기며
그 속에 한 점 생명을 새겨 넣었다.
낡은 집들은 다시 그 질긴 명을 이어 갔다.

혜정이가 간다.
정식이가 간다.
혜정이가 아픈 엄마 아빠를 대신해
정식이 손을 꼭 잡고 간다.
유월의 지는 햇살 속으로
빛나는 한때를 간다.
오누이가 간다.
아프게 간다.
당당한 걸음으로
아주 먼 길을 간다.

어떤 동네
낡은 담에 기대선 아이들

낡은 담에 기대어
꿈을 꾸듯 앉아 있다.

이곳은 볼품없고 가난한 동네
빼앗기고 힘없고 상처 입은 사람들이 살아가는 곳이다.
그곳에서 아이들은 더욱 약하고 여리다.
생명은 그 본성이 부드럽고 여리고 약하고 순하다고 했던가.
끝없이 완고해져만 가는 세상은 아이들에게 더욱 깊은 상처를 남기지만
그 상처는 다시금 아이들의 생명을 증거하는 역설이 된다.
부서지고 상처받은 마음을 안고 함께 낡은 담에 기대어 섰던 아이들,
생일상을 못 받은 친구를 위해 각자 집에서 가져온 반찬을 모아
축하해 주던 아이들.
아버지에게 맞고 집에 못 들어가는 친구를 위해 저녁 늦도록
옆자리를 지키며 함께 있어 주던 아이들,
함께 놀고 싸우고 슬퍼하고 기뻐했던 첫봄의 기억들을
상처받아 부서지고 갈라진 마음 안에 담고 담벼락에 기대선 아이들.
첫봄의 기억은 겨울을 돌아 다시 어김없이 봄을 부른다.
꿈을 부른다.

담장

공장을 사이에 두고 윗동네와 아랫동네를 잇던 길가 블록담.
오랜 세월 빛바랜 담장 따라 마을 사람들 일상이 한 줄로 늘어선 곳.

담 너머 공장노동자들이 주문한 음료수며 담배를 넘겨주던
대성슈퍼 사다리가 기대 있고
밥때를 알려 주던 동네 시계가 붙어 있다.
볕 좋은 담장 따라 빨래가 널리고, 새장이 놓이고,
그 밑으로 온갖 꽃이며 채소가 심어져 있다.

"멍멍아, 아이스크림 사 줘." 하며 떼쓰는 큰딸 아이에게
'돈 없어 못 사 준다.' 하는 표정으로 바라보던
맘씨 좋은 송화상회 늙은 바둑이가 묶여 있고
무당할머니가 떠 놓은 정화수가 항아리 위에 정성스레 놓여 있고
저녁 밥상에 오를 생선이 깨끗이 손질되어 널리고
길가에서 빨래하며 굴까며 나누는 동네 사람들의 이야기가 널리었다.

시간이 한참 흐른 어느 날,
눈 깜빡할 사이에 담은 무너지고
대기업 공장은 쳐다볼 생각도 말라는 듯
곱절은 높아진 위협적인 철제 담장이 들어섰다.

하지만 낡은 담벼락에 기대어 섰던 아이들은 무럭무럭 커 나갔다.
어떤 아이는 대학생이 되어 친구, 동생들과 함께
공부도 하고 인형극도 하며 공동체의 꿈을 함께 꾸고 있다.
어떤 아이는 노동자로 성장해
조선소에서 계약직 노동자로 용접을 한다.
또 어떤 친구는 특수교사의 꿈을 꾸고, 어떤 친구는 가게의 점원으로
일을 하며 성실히 자신의 장래를 설계한다.
또 어떤 친구는 군인이 되어 인내의 시간을 보내며
다시 동네로 돌아올 시간을 손꼽아 기다리고 있다.
담은 무너졌지만 그때를 빛냈던 아이들은 아직도 동네에 남아 있다.
그리고 각자의 삶을 이어 간다.

해바라기

새봄에 중학생이 되는 명호는 부두 노동자이던 아버지를
하늘 나라로 보낸 뒤 늘 이렇게 혼자 동생 명숙이를 업고 있다.
명호의 마른 어깨에는 아버지 대신 지켜야 할 엄마와
집안 살림까지 얹혀 있다.
명호는 어깨의 짐을 누군가와 나눠 지고 싶었고,
이제 큰 짐 하나를 내려놓게 되었다.
2000년 봄이면 초등학생이 되는 명숙이가 동자승으로
절에 보내지기 때문이다.
명호는 혼자 짊어지기에는 너무 버겁던 짐 하나를 부처님께 내려놓는다.
어깨의 짐은 덜지만 명호는 혼자 남는다.
봄이 오면 명호는 동네 공장 담벼락에 혼자 기대어
해바라기를 할 것이다.
갈래갈래 찢긴 아버지 주검 앞에서 울음을 참아 냈듯이
엄마 없는 캄캄한 밤을 함께 견뎌 낸 동생에 대한 그리움도
그렇게 참아 내면서 봄볕 아래 서 있을 것이다.

살아 있는 시

아이들은 시를 좋아한다.
매 맞는 엄마, 보고픈 아빠, 엄마와 밤새 숨어 있던 장독대,
금붕어와 거북이, 무시무시한 시험, 재미있는 친구…….
아이들이 글과 말로 쏟아 내는 모든 것이 시가 되어 빛난다.
어디 글과 말뿐이랴,
장난기 어린 짓궂은 표정 하나하나도 한 편의 시다.
아이들은 시인이다.
아니, 아이들이 곧 시다.
그 모습 그대로 펄쩍펄쩍 뛰는 생명력 가득한
살아 있는 시다.

대정이 고향은 전라도다.
부모님이 눈덩이처럼 불어나는 농협 빚에 등 떠밀려 도망치듯
인천으로 떠난 뒤 할머니 손에서 자랐다.
돌도 되지 않은 막내를 떼어 놓고 올라온 엄마는 젖이 불 때마다
대팻밥 가득 날리는 목재공장에서 엉엉 울며 나뭇짐을 지었고,
한 달에 500시간이 넘는 일을 하며 빚을 갚아 나갔다.
대정이가 네 살이 되어서야 가족들은 우리 동네에 방을 얻어
함께 살 수 있었다.
엄마 품으로 돌아온 막내아들은 이제 제 엄마의 키를 훌쩍 넘겼다.
지금도 엄마는 고등학생이 된 건장한 막내아들의 삐뚤어진
머리 뒤꼭지를 볼 때마다 마음이 아프다.
아침에 젖 먹이고 나가서는 오후 3시가 되어서야
잠깐 젖을 물릴 수밖에 없었던 농사일이 원망스럽기 때문이다.
어려서부터 책을 좋아했던 대정이는 대학에 진학해
문화인류학을 공부하고 싶어 한다.
나는 대정이의 문화인류학이 자신의 삐뚤어진 뒤꼭지를 추적하는
학문이길 바란다.
그 학문의 길에서 만나게 될 힘없고 가난한 부모님의
척박한 삶을 편들고, 자신이 기대어 섰던 이웃들의 낡은 담을
어루만질 수 있는 학자가 되기를 바란다.

봄

양지길

양지바른 벽에

새싹이 피었다.

봄이 앉았다.

이층마당

아랫동네에서 윗동네로 이어지는 길 중간에 생긴 이 작은 공터는
수십 년 전부터 '이층마당'으로 불렸다.
이곳은 소방도로가 뚫리기 전만 해도 항상 사람들로 북적대던
동네의 공동 마당이었다.
차들이 드나들 때면 놀이를 멈추고 피해야 하는 번거로움이 있지만
지금도 동네에서 이곳만큼 아이들이 마음 편히 놀 수 있는 곳은 없다.
아이들은 이곳에서 팔방놀이며, 다방구, 깡통차기, 고무줄, 술래잡기를
하는데 아이들이 무엇보다 좋아하는 것은 이어달리기다.
윗동네 길로 치달아 뛰어 올라갔다 바람처럼 뛰어 내려오는
아이들의 빨갛게 상기된 얼굴을 보면
나도 모르게 혼잣말을 되뇌게 된다.
"아! 사람 사는 동네 같다."

졸업식

3년 전 중학교 졸업식 날.
녀석은 교실 창문 너머 먼 곳을 한동안 시린 눈으로 바라보았다.
무엇을 보고 있었을까.
같은 시간 조선소에서 페인트를 칠하고 있을
어머니를 생각하고 있었을까.
이제 보니 또래 중3들에 비해 무척 어른스러워 보인다.

공고를 졸업한 아이는 친구들처럼 대학에 가지 못하고
핸드폰 부품공장으로 출근을 했다.
주야 2교대라는데 어린 나이에 얼마나 힘이 들까.

손재주 좋고 성실하니 어디서든 야무지게 일할 것이다.
처음 공장에서 일하고 퇴근하던 날,
일을 소개시켜 주신 어머니 친구에게
'잘 일하고 퇴근합니다.' 하고 문자를 보냈단다.
예나 지금이나 안쓰럽고 대견하다.

자꾸 잠이 와요

잠이 와요.
자꾸 잠이 와요.
집을 생각하면, 학교를 생각하면
자꾸 잠이 와요.
아무리 애를 써도 눈꺼풀이 너무 무겁고,
어깨가 굳어서 고개를 들 수가 없어요.

잠 속에서 나는 아기가 돼요.
엄마 뱃속에서 웅크린 아기의 몸이 되어,
그냥 내 모습 그대로 감싸져 보살핌을 받아요.

비 개인 하늘, 햇빛이 이렇게 좋아도
나는 자꾸 달팽이처럼 몸을 웅크려요.
너무 아프고,
너무 잠이 와요.

지구를 지켜라!

태양이 달에 가려지는 개기일식이 있단다.
아이들과 '어두워지는 지구를 지키기 위해'
유리를 그을려 보고, 종이에 구멍도 뚫어 보고, 필름도 접어 봤지만
적들의 강력한 광선 발사에 눈을 제대로 뜰 수가 없었다.
그때 마침 옆집 아저씨가 공장에서 쓰는 용접용 마스크를 내어 주었다.
드디어 특수 마스크로 무장한 우리의 지구 방위대 요원들이
줄지어 출동 준비를 마쳤는데…….

그만!

"하지 마."
"하지 마."
목소리를 높여도
학교 아이들은 주먹질을 멈추지 않는다.

"아파."
"아파."
소리를 질러도
발길질을 멈추지 않는다.

"쏘지 마."
"쏘지 마."
소리를 질러도
비비탄은 날아온다.

하루를 버티기 위해선
꼭꼭 숨어야 한다.
"괜찮아."
"괜찮아."
두 눈을 꼭 감고 끊임없이 되뇌며
잊어야 한다.

가을 단비가 내렸다.
먼지를 뒤집어쓰고 있던 슬레이트 지붕들도 말끔하게 때를 벗는다.
아이들이 하나, 둘 슬레이트 지붕 밑으로 모여든다.
아이 하나가 우산을 뒤집으니 그 안으로 빗물이 모여든다.
전염이라도 된 듯 아이들이 모두 우산을 뒤집는다.
이렇게 해서 비 오는 날 놀이 하나가 만들어졌다.
한동안 아이들은 비가 오면 슬레이트 처마 밑으로
우산을 들고 모여들 것이다.

세상은 이제 끝을 알 수 없는 공황에 접어들었다.
없는 사람들에게 공황은 자산의 감소를 의미하지 않는다.
공황은 곧 목숨을 위협하는 전쟁이다.
우리 동네는 아이엠에프 시기를 전후로 정말 많은 가정이 파괴되었다.
최대의 희생자는 아이들이었다.
처마 밑에 쪼르르 모여 새로운 놀이를 만들어 내는 아이들은
회색빛 우리 동네에 원색의 생기를 불어넣는다.
귀엽고 아름답다.
그래서 더욱 슬프다.

봄의 첫 자락
시샘 겨운 봄눈이
꽃잎처럼 날린다.
아이들은 물기 가득한 봄눈 속에서
우산을 받쳐 들고 마냥 즐겁다.
막바지 겨울의 안간힘을 단번에 날려 보내는
아이들의 웃음,
그 찬란한 환대 속에
먼 길을 돌아온 봄이 마지막 힘을 다해
성큼성큼 다가온다.

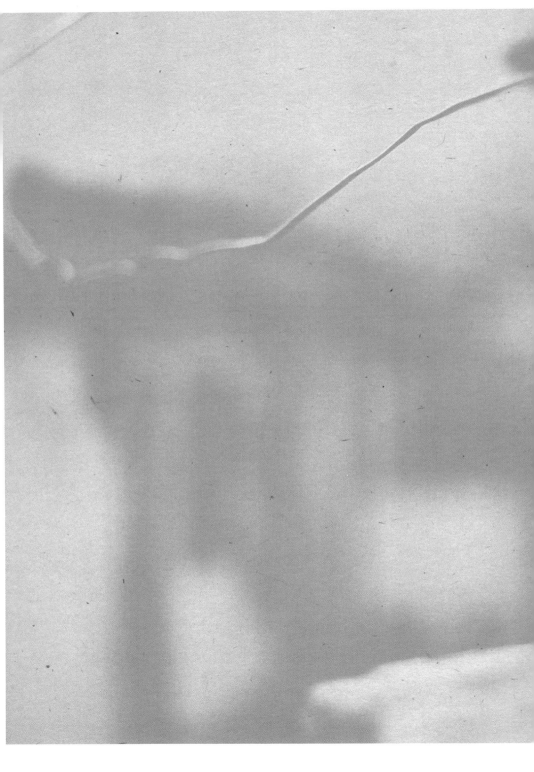

불량한 소망

어떤 동네

세상은 우리 동네를 불량한 사람들이 사는
불량한 동네라고 한다.

노후 불량 주거지역

우리 동네를 대한민국 정부는 노후 불량 주거지역이라고 한다.
이 노후 불량 주거지역은 일제강점기 공장노동자들의
집단합숙소(일명 아까사끼촌)에서 시작되었다.
바닷가를 끼고 일본군의 잠수함을 건조하고 무기를 만드는
군수공장들이 있었고, 농민들에게서 수탈한 곡물을 군량미로 쌓아 두던
창고들이 있었다.
이후 한국전쟁이 일어나고 피란민들이 내려와 갯벌을 맨손으로
간척하기도 하고 근처 낮은 산에 토굴을 파서 살기 시작하면서
동네의 꼴을 갖추어 나갔다.

인구가 본격적으로 늘기 시작한 것은 6,70년대 전라도, 충청도
등지에서 올라온 이농민들이 자리를 잡으면서부터였다.
이때부터 다락방을 올리고 집과 집들이 연결되면서 온 동네가
한 덩어리의 집이 되었다.

이 노후 불량 주거지역은 90년대에 들어서면서 점차 쇠락하기 시작한다.
소비사회 깃발 아래 젊은이들이 떠나면서 동네는 점점 공동화되었다.
아이엠에프를 거치면서 아파트와 공장으로 둘러싸인 이 외딴 섬으로
작고 낮은 불량한 이들이 조금씩 모여들기 시작했다.

세상은 우리 동네를 불량한 사람들이 사는 불량한 동네라고 한다.

일제강점기 나라 잃은 설움을 몸뚱아리 하나로 감내해야 했던
식민지 노동자들의 고단한 삶은 불량하다.
거적때기 몇 장으로 세상의 폭력을 막아 보려 했던
우리 아버지 어머니의 삶은 불량하다.
경제발전이라는 허울 아래 목재공장에서 목도질을 하고
밤새 미싱을 돌리며 좁은 판잣집에서 피곤한 몸을 누이던
우리 형 누이들의 삶은 불량하다.
세상에서 내쫓겨 다시 우리 동네로 숨어든 천민의 아이들.
동네에 있는 세 평의 공간이 가장 크고 자유로운 놀이터인
우리 아이들은 참으로 불량하다.
한밤에 조금씩 나무를 주위 만든 집에 수도가 들어왔을 때가
가장 행복한 때였다고 말하는 우리 동네 할머니들의 삶과
그 집에서 나머지 삶을 마치고 싶어 하는 할아버지들의 소망은
참으로 불량하다.

이제는 사라진

빨간 장화와 할머니의 슬리퍼가 정겹게 놓여 있던 골목.
동네 사람들은 그곳을 사삼번지라고 불렀다.
그 골목 사람들은 동네에 커다란 솥을 하나 걸고
함께 음식을 해서 나누어 먹는 것을 좋아했다.
대부분 실향민이었던 그곳 어른들은 길 건너에
아파트가 들어서기 전까지 서로를 의지하며 수십 년 동안
이웃사촌으로 사셨다.
2003년 아파트와 함께 그 자리에 공원이 들어서면서
골목 사람들은 뿔뿔이 흩어졌다.
요즘도 그 공원에 가면 아쉬운 눈길로 그곳에 앉아 있는
사삼번지 어른들을 종종 뵐 수 있다.

할머니와 손자

할머니는 새벽부터 밤늦게까지 무척 바쁘다.
뱃일에 굴까기에 집안일까지 손이 열이라도 모자랄 판이다.
할머니를 버팀목 삼아 기대어 있는 손자를 생각하면
일손을 놓을 수 없다.
늦은 가을날 할머니에게 기대어 앉은 손자의 등은 애닯고 따뜻하다.
등을 통해 전해지는 온기는 할머니를 미소 짓게 만들고
손자를 향한 애달픈 마음은 부은 손을 놀리지 않고
계속 움직이게 한다.
가을볕이 좋다.

동네 부엌

동네 귀퉁이에 아궁이 하나, 굴뚝 하나 만들고
자투리 나무와 포장천으로 뚝딱뚝딱 지어
무쇠솥 하나 걸어 놓은 작은 공간.

사람들이 함께 보리차를 끓여 나누고
가끔 국수를 삶아 한 끼를 때우던 곳.
좁은 집 안, 물 끓이기의 곤욕을
이런저런 담소와 아이들의 재롱으로 바꿔 주었던
'동네 부엌'.

가난한 삶이 풍성한 나눔을 자연스레 만들어 내었던
골목길 공동 부엌은
새천년이 시작되며 작은 동네와 함께 사라졌다.
쉬 만들었으니 그리 힘들이지 않고 부쉈다.

거대한 건물들이
'틈' 하나, '사잇길' 하나 없이 들어서는 세상.
새로운 천년이 또 다시 시작될 즈음이면
저 멀리 아득하게 사람 냄새 가득했던
골목 모퉁이 그 부엌을
다시 볼 수 있을까.

기찻길

북해안선으로 불리는 우리 동네 기찻길은
일제강점기 수탈한 물자를 실어 나르거나 근처 군수공장이나
제철소로 석탄이며 고철을 나르던 철길이다.
이 철길을 따라 사람들은 판잣집을 짓고 살았다.
사람들은 대한민국의 근현대사를 관통하며 멈춤 없이 앞을 향해
내달리는 기차에 걸망 하나 짊어 메고 목숨을 걸고 올라타야 했다.
방통에서 석탄이며 고철을 빼내어 걸망에 짊어진 사람들은
다시 달리는 기차에서 뛰어내리며 그 위태위태한 삶을 이어 갔다.

기차 통행이 뜸해지면서 북해안선 철길은 아이들의 공간이 되었다.
친구들과 함께 철길에서 달리기를 하거나 소꿉놀이를 하기도 하고
철길 밑 포구에서 헤엄을 치기도 했다.
또 속상하거나 집에 못 들어갈 일이 있을 때면 철길에 주저앉아
공장에 에워싸인 바다 위로 붉게 물드는 하늘을
멍하니 바라볼 수 있는 위안과 도피의 장소였다.
기찻길 옆 오막살이 우리 동네는
칙폭칙폭 기차 소리 제아무리 요란해도
아이들이 무럭무럭 자라나는 그런 동네다.

아버지와 아들

눈이 내렸다.

아버지가 아들의 손을 꼭 잡고 어딘가를 가고 있다.

오랜만에 보는 눈 덮인 동네만큼이나 낯선 풍경이다.

그이가 입은 점퍼 때문일까, 아버지가 떠올랐다.

몇 년 전 우연히 들른 히로시마 시립미술관에서

한 일본 화가의 그림을 본 적이 있었다.

유채로 두텁게 그려진 풍경들이 이상하리 만큼 낯이 익었다.

화가의 약력을 보고서는 좀 놀랐다.

내 아버지와 태어난 시기가 비슷한 그 화가는

일본군으로 시베리아 수용소에서 포로 생활을 하게 되었고

그 시절의 풍경과 심정을 화폭에 그려 내고 있었다.

시베리아 수용소…….

어렸을 적 아버지로부터 듣곤 했던 그 수용소였다.

아버지의 수용소 생활이 내 눈앞에 펼쳐져 있었다.

마치 수수께끼의 한 자락을 풀어낸 것 같은 느낌이었다.

중3 되던 해 돌아가신 아버지의 삶은 나에겐 언제나 알 듯 모를 듯한

수수께끼였다. 역사의 부침이 심했던 시기를 살았던 아버지의 삶은

우리 가족에게도 깊은 생채기를 남겼다.

살아가면서 우연찮게 수수께끼를 하나씩 풀 때마다

그 생채기가 건드려졌지만 이내 새살이 돋는 듯했다.

눈 쌓인 길에 찍힌 발자국이 훗날 저 아이에게 수수께끼를 푸는

단서가 될지도 모른다는 생각이 들었다.

건물

우리 동네에는 일제강점기에 지어 놓은 건물이 많다.
벽돌로 얼마나 옹골차게 지었는지 지금까지 뜯긴 것은
건물 창문밖에 없다.
건물을 튼튼하게 짓는 게 흠잡을 일이 되지는 않는다.
하지만 그 단단한 건물을 통해
일본 제국주의자들의 아집과 욕심을 보게 되면
그 옹골참이 가진 광기에 고개를 내젓게 된다.
우리는 그 옹골참에 간신히 창문 하나를 뚫었다.
그리고 2007년 겨울 대통령 선거로 우리는 다시 안으로부터
그 문을 봉해 버렸다.
봄이 되어 나뭇가지에 달릴 새 잎은
그 얼마나 여리고 아름다울까.

여우비

근현대사가 남긴 상처가 깊은 우리 동네 구석구석.
땀과 눈물이 맺히지 않은 곳이 어디 있을까마는
공장에 둘러싸인 작은 포구들만큼 그 농도가 진할까 싶다.

하루벌이로 먹고사는 사람들이
저녁거리가 없으면 아침에 나오고
아침거리가 없으면 저녁에 나와
굴 따고 바지락을 캐고 고물을 줍고
깡깡일(낡은 철선의 녹을 벗기는 일)을 하고,
넉잽이(부두에 쌓인 원조물자나 지나는 열차에서 석탄을 빼내는 일)를
하던 곳.

주둔해 있던 미군과 영국군 부대 근처 기지촌에서 버려진
돌 틈에 끼어 개구리처럼 말라붙은 어린 영혼들의 주검을
가슴 안에 슬프고 서늘하게 담고
다시 고개를 돌려 하루 먹이를 위해
쉼 없이 손을 놀려야 했던 곳.

포구에 여우비가 내리고 노을 지는 하늘을 담은 바닷물 위로
갈매기 한 마리가 낮게 날며 저녁 먹이를 구하고 있다.

우리 동네에는 작은 포구가 하나 있다.
태풍이 북상한다는 소식을 듣고 오랜만에 포구로 나가 보았다.
포구로 가는 길은 사람 둘이 어깨를 맞대고 가기 힘들 만큼
좁고 후미지다.

좁은 골목길이 끝나자 예닐곱 척의 목선을 댈 수 있는
작고 허름한 포구가 공장을 병풍처럼 두르고 나타난다.
갯내음, 생선 비린내, 근처 공장의 굴뚝에서 나는 냄새가
바람에 실려 온다. 싫지만은 않은 냄새다.
갯일을 하며 살아가는 우리 동네 사람들 몸에 밴 짠 내와 닮아 있다.

벌써 해는 수평선을 넘어가고, 뒤늦게 들어온 목선 한 척이
얼마 되지 않는 생선을 배 위에 펼쳐 놓았다.
하지만 손님들은 이미 뿔뿔이 흩어져 버렸고 .
낭패를 본 고기잡이 부부의 얼굴이 안쓰럽다.

점점 더 세차게 부는 바람에 구름이 밀려오고
포구의 하루가 저물어 간다.

굴막

겨울이 되어 굴까기 철이 시작되면
조용하던 동네가 갑자기 왁자해진다.
동네 곳곳에 굴막이 세워지고, 골목마다 바다에서 따 온
굴을 씻기 위해 호스로 뿌린 물이 개울이 되어 흐른다.
굴이 나오지 않는 철에는 마늘을 까는데
하루 종일 까도 돈 만 원 벌기가 쉽지 않은데다
마늘 독이 워낙 심해 손톱이 빠지거나 그 독에 취해
기절하는 경우도 있으니 벌이로 보나 일로 보나
마늘보다는 굴이 훨씬 낫다.
겨울, 굴막 안에서 피어오르는 열기로
우리 동네는 한동안 후끈 달아올라 있을 것이다.

비 오는 날

동네 근처 작은 공장에 다닌 적이 있다.
예닐곱 명이 함께 일했는데 힘들기는 했지만 마음이 잘 맞아
이래저래 소소한 재미가 있었다.
사장도 어려서부터 기름밥을 먹은 이였는데
마음 여리고 순박한 사람이었다.
사장이라기보다는 함께 일하는 동료에 가까웠다.
비가 내릴 때면 지붕 높은 공장 벽 여기저기로 빗물이 스며들었다.
구석에 있는 카세트에서 간드러진 트로트가 흐르면 벽을 타고 내리는
빗물이 위벽을 쏴하게 스쳤다.
사장이 말없이 기름장갑을 벗어 놓고 나가면 누군가는 또 말없이
휴대용 가스레인지에 물을 끓였다.
동네 포구에서 사 온 주꾸미에 소주를 한 잔씩 나누어 먹으면
빗소리와 함께 캬~ 하는 소리만 공장 벽을 울렸다.
한 2년 다니다 나왔는데, 그만둘 때 마음이 좋지 않았다.
물건을 납품받던 공장에서 자동기계가 완성되어 더 이상 숙련공들의
수작업이 필요 없어졌기 때문이다.
나야 워낙에 기술이 없으니 억울한 마음도 아쉬운 마음도 좀 덜했지만,
함께 일하던 사장이나 현수 형, 한찬이 형, 장선우 형, 영래 형은
앞날이 막막했을 것이다.
10대 중반부터 기름밥 먹어 가며 힘들게 배운 기술이 쓸모가 없어지고,
새로 기술 배울 나이는 지났고, 그나마 있던 일거리도
중국으로 다 빠져나갔으니 얼마나 속이 상했을까.

사장은 한동안 일 없이 지내다
집에서 텐트 폴대를 조립하는 부업을 시작했다.
쪽팔리게 무슨 사진이냐며 고개를 돌리던 노총각 현수 형이랑
한찬이 형은 주물공장에서 포장 일을 한다는 소식을 들었다.
나와 단짝이 되어 일하던 화순이 아줌마는 고깃집에서 일한다는데…….
영래 형은 고향집에 맡겨 놓았던 아이들을 찾아갔다는데,
아이들과 함께 사는지 모르겠다.

모두들 잘 지내는지…….
장대비가 퍼붓는 날, 그때 함께 했던 사람들도
잠시 일손을 멈추고 빗소리에 실려 오는 알싸한 절삭유와 소주 냄새,
사람 냄새를 맡고 있을까?

시멘트 길

내가 이 동네에 처음 왔을 때도 어두운 밤이었다.
버스에서 내리자 비릿한 바다 냄새가 났다.
좁은 골목 안에는 가로등 불빛에 굴 껍데기들이 거칠게 빛나고 있었다.
시멘트로 대충 발라진 골목길은 여기저기가 깨지고 갈라져 있었다.
20년이 지나는 동안 우리 동네는 많이 바뀌었다.
길 건너에는 아파트단지가 들어섰다.
그러는 동안 몸으로 일하며 정직하게 살아가는 삶과 가난해도 서로
나누며 사는 삶을 가르쳐 주었던 많은 이웃들이 동네를 떠났다.
코흘리개 어린아이들은 이제 어엿한 청년이 되었다.
돌이켜 보면 이 동네에서 참 많은 일들을 겪었다.

마음이 울적할 때 내게 위안을 주던 곳이 이 골목길이다.
버스에서 내려 윗동네로 통하는 이 길을 따라가다 보면
포도나무가 나오고 복숭아나무가 나온다.
무엇보다 갈라지고 깨진 시멘트 길이 나를 위로해 주었다.
여기저기 기워진 길은 깨지고 갈라진 삶을 다시 덧대고 덮으며
살아가는 사람들을 닮았다.
이 길을 걷다 보면 내 마음의 금도 누군가 메워 주는 느낌을 받곤 한다.
깨지고 덧대고 다시 깨지고 또 덧댄
우리 동네 길과 담이 나는 좋다.

비 내리는 밤

누군가 하늘을 향해 긴 울음을 운다.
나는 그이의 사연을 알 수 없다.
그저 비에 섞여 오는 울음에
내 사연을 섞을 뿐이다.
내 사연이 쌓일수록
그이의 울음소리는 내게서 멀어져 갔고
빗소리는 점점 커져 갔다.

어떤 동네
골목 안에는

마땅히 있어야 할 곳을 찾아
정성스레 자리한
골목길 살림살이 위로 햇빛이 스며든다.

항아리, 주전자, 함지박, 소주병, 마늘주머니, 시래기 묶음…….
좁은 골목길에 살림살이들이 쌓여 있다.
집이 좁으니 어쩔 수 없는 노릇이다.
얼핏 어수선해 보이지만 모두 그 위치에 자리 잡은
마땅한 이유들이 있는 물건들이다.
이 궁리 저 궁리 끝에
마땅히 있어야 할 곳을 찾아 정성스레 자리한
골목길 살림살이 위로 햇빛이 스며든다.
눈부신 골목,
사람이 있고 '살림'이 있어
내 눈과 마음을 노곤하게 녹이는
그 골목.

유쾌, 상쾌, 통쾌

언제 어디서든
거침이 없는 당당한 아이.
공부를 못해도, 집이 어려워도
주눅 들지 않고 기죽지 않는 아이.
좁은 골목 끝
그 당당함이 골목길을 밝힌다.

봄밤

진수 할머니는 집 옆 골목길 틈바구니에 아주 작은 땅을 일구어
해마다 채소들을 키우신다.
저 먼 남쪽이 고향인 할머니는
할아버지와 어서 빨리 고향으로 돌아가
농사를 지으며 살고 싶다.
하지만 앞으로 몇 년은 이 작은 처마밭과 화분, 물통에
씨 뿌리는 것으로 만족해야 한다.
엄마 없는 진수 뒷바라지를 좀 더 해야 하기 때문이다.
이른 봄 할머니는 그리움과 사랑으로
새싹을 키우고 손자를 키우신다.
봄밤의 가로등이 눈부시다.

정물 사진

솔직히 나는 이미지를 만들어 내는 것이 두렵다.
사진의 역사 초기에 원주민들이 사진기에 영혼을 빼앗길까
두려워했던 것을 현대기술에 대한 무지를 보여 주는 에피소드로만
치부하기에는 그 통찰이 너무나 정확해 더욱 두렵다.
그들이 직감으로 통찰했던 것처럼 실태 조사를 위해 정부에서 파견한
행정관료들의 사진기에 담긴 땅과 물과 하늘과 그들 자신은
결국 소유의 대상이 되어 영혼을 빼앗기고 말지 않았던가.
사진을 찍는 게 주저될 때가 종종 있다.
그럴 때 찍게 되는 것이 정물 사진이다.
회화주의 사진을 탐탁해하지 않지만 어쩔 수 없이 찍어야 될 때
흉내 내어 찍게 되는 사진, 그래도 어수룩한 순수함이
조금이라도 배어 있으면 좋겠다고 생각하며 정물 사진을 찍는다.

이왕 커피 먹듯 찍은 사진이니 굴막의 길다방 커피에서
비릿한 사람 냄새라도 났으면…….

절반

한밤에 골목을 지나다 집주인 양반의 고민과 수고로움이 담겨 있는
계단이 따뜻해 보여 그 앞에 한동안 서 있었다.
우리 동네 집들은 보통 대여섯 평을 넘지 않는다.
좁은 공간을 효율적으로 이용하려니 사다리는
우리 동네 사람들의 필수품이 되었다.
지붕 밑 다락방은 아이들 방이 되고, 지붕 위 자투리 공간은
장독을 올려놓거나 화초를 키우고 빨래를 너는 공간이 된다.
간혹 이 집처럼 벽돌을 쌓고 시멘트를 발라 좀 더 튼튼하게 계단을
만들어 놓은 경우가 있는데 좁은 공간에 계단을 만들려니
보통 고민이 아니다.
모르긴 몰라도 집주인 양반은 이래저래 여러 번 발을 디뎌 보며
고민스럽게 계단의 폭과 위치를 조정했을 것이다.
이 집주인이 고민 끝에 내린 결론은 딱 '절반'이다.
계단의 넓이도, 발 넓이의 반, 계단의 위치도 안팎을 반반씩 양보해
집 안쪽으로 4계단 집밖 골목 쪽으로 4계단, 모두 여덟 계단이다.
발 딛을 곳이 좁으니 발 반 손 반을 써서 올라야 하는 사다리를 닮았다.
그러고 보니 연탄과 시멘트를 버무려 벽을 치장한 것도 딱 절반이다.
집주인 양반의 고민과 수고로움을 기념하기 위해
집 반 하늘 반 넣어 사진을 찍었다.

골목길

집과 집 사이가 바짝 붙어 있는
우리 동네는 빛이 귀하다.
그래서 골목을 지나다 만나는
자투리 햇빛이 그렇게 반가울 수가 없다.
혹여 운이 좋아 그 빛이 아이들 얼굴에라도 비치면
마음이 설레고 온 동네가 밝아 보인다.

하늘길

골목을 지날 때 자투리 햇빛도 자취를 감추고
아이들도 보이지 않으면
동네는 더욱 고즈넉해져서 쉽게 마음이 우울해진다.
그럴 때면 고개를 들어 지붕을 바라보게 된다.
동네 할머니 할아버지들이 만든 지붕들이
얼기설기 엉켜 있고
그 사이로 빛들이 끊일 듯 이어지며
하늘 길을 만들어 낸다.
마음이 풀리고
다시 골목길을 따라 걷는다.

안과 밖

가난한 동네 골목길이 대체로 그러하듯이
우리 동네 골목도 집과 길의 경계가 명확하지 않다.
어디까지가 부엌이고 어디까지가 길인지
분간이 어려울 때도 있다.
또 장롱이 골목길에 나와 있는 경우도 있다.
안과 밖의 경계가 불분명하니 원하든 원치 않든
대부분의 생활이 주변에 공개될 수밖에 없다.
얼핏 굉장히 불편해 보이지만 살아 보면 꼭 그렇지만은 않다.
안과 밖의 모호함은 관계의 투명성으로 이어지기 때문이다.
너와 나, 벌거벗은 인간일 때
그곳은 낙원이 되기도 한다.

107

벽화

우리 동네에는 숨겨진 예술가들이 많다.
찔레꽃집 아저씨가 그렇고, 옆집 아저씨가 그렇다.
또 담장 길에 사는 만신할머니도 만만찮은 예술가다.
미술가들이 가난한 동네의 벽과 집을 꾸민다며
그림 작업하는 것을 보게 되는 경우가 있다.
생활과 예술을 결합한다는 의도에 수긍 가는 면도 없지 않지만
골목을 지나다 보게 되는 숨겨진 동네 예술가들의 작품을 보면
이벤트로 진행되는 전문 예술가들의 그 작업이
동네를 아름답게 꾸민다는 것이 가당키나 한 것인가 하는
생각이 드는 것은 어쩔 수가 없다.
목포집 큰아들이 그 집 벽에 그린 연꽃 그림의 백미는
테두리 선에 있다.
벽을 통해 나온 수도와 그 옆에 항상 서 있는 빗자루를 써서
골목을 청소해 보지 못한 사람은 절대 그림 밑면의 테두리를 열어
여백을 줄 수 없다.
몸이 알고 있는 여백……
이것이 생활과 예술의 결합이 아닌가 싶다.

쓥~

오랜만에 동네 근처 부둣가 마을에 갔다.
지난겨울 공부방 아이들과 산책을 했던 곳이다.
조용한 한낮에 골목길을 걷는 일은 항상 꿈결 같다.
그 꿈결 같은 어슬렁거림을 깨는 적(?)이 있는데
몇몇 성질 사나운 개들이다.
좁은 골목에서 목청이 찢어져라 짖어 대니
골목 사람들에게 폐를 끼치는 것 같아 걸음을 재촉하게 된다.

이날도 골목을 지나다 만만치 않은 놈을 하나 맞닥뜨렸다.
'쓥~ 알 만한 사람이 남의 구역에서 뭐하는 짓이야' 하는 표정으로
내 얼굴을 꼬나본다.
그 당당한 기세에 눌려 골목을 되돌아 나가다 괘씸한 생각이 든다.
사실 그 골목에 있는 개집이 녀석의 집은 아니다.
본 주인은 얌전히 자기 집 안에 있구만
저도 나처럼 어슬렁거리며 친구 집에 놀러 온 주제에…….
못마땅한 표정으로 한 장 박았다.
그놈도 역시 못마땅한 표정이다.

징표

빨래를 내다 널면
물 건너 어느 잘사는 나라에서는 경범죄로 처벌을 받고,
우리나라 고층아파트에서는 집값을 떨어뜨리는
몰상식한 행위로 몰려 부녀회의 눈총을 받는다고 하던데
우리 동네 골목에 널려 있는 빨래를 보면
마음이 먹먹해진다.
특히, 겨울을 지나 봄빛에 속내를 내보이는 빨래를 보면
아직도 낮은 숨을 고르고 있는 이웃들이 곁에 있다는 것이,
남루해 보이는 일상이 희망의 징표로 널려 있다는 것이 고마워
눈시울이 뜨거워질 때가 있다.

꼬마 눈사람

꼬마 눈사람을 만들 만큼만 희끗희끗 깜빡이며 첫눈발이 날렸다.
아이들이 만든 꼬마 눈사람.
어디서 주워 왔는지 싱크대 거름망을 멋스럽게 비껴 쓰고
담벼락 한구석에서 사그라지는 동네 집들을 배경으로
웃음 띤 얼굴을 하고 제 몸을 녹이며 슬프게 서 있다.
우리 동네가 그러하리라.
겨울이 되면 이곳은 한동안 홍역을 앓는다.
방송국 헬기가 동네 하늘 위를 돌며 구경거리를 찍어 대고
무슨무슨 기업의 직원들은 '사회봉사'라며 기업 로고가 선명한
울긋불긋한 형광색 조끼를 입고 동네를 누빈다.
동네 골목을 막고 한 줄로 서서 연탄을 나르고,
한 집을 골라 전시용 페인트칠을 하며 사진 찍기에 여념이 없다.
어떤 이들은 이곳의 삶을 박제화해 박물관을 만들자는
정신없는 소리를 해 대기도 한다.
'지금 여기'를 살고 있는 사람을,
그 삶을 구경거리로 만드는 것은 폭력이다.

웃음 띤 얼굴로 햇볕 아래 자연스레 사라지는 첫눈은
슬플지라도 의연하다.

어떤 동네 할머니 할아버지

"산목숨은 다 가여운 거야.
근데 산목숨 버리는 젊은 것들 보면
그걸 잘 모르는 것 같아."

사랑

째깍째깍째깍…….
오후 네 시 삼십 분.
단 할머니의 구멍가게 안은 초침 소리만 가득하다.
새우깡 몇 봉지, 껌 몇 통, 박카스, 소주 몇 병이 전부인 가게에서
할머니는 사람을 보기 위해 손님을 기다린다.
4년 전 가을, 할아버지는 구들장을 뜯어고치고
창문에 비닐도 다시 붙이고 나 죽어 바람이 불면 창문을 이래이래
닫으라고 할머니께 일러 주셨다.
할아버지는 집 안 이곳저곳을 손보고 모아 둔 돈으로
연탄 삼백 장 쌀 한 가마니를 사 놓고 한 달 뒤 돌아가셨다.
할머니는 창문을 봐도, 벽에 박힌 못을 봐도, 바람이 불어도
할아버지가 자꾸자꾸 떠오른다.
"그 냥반 물건 다 불태워 버렸어도 저 군용담요는 못 버렸어.
혼자 화투패 띠는 게 낙이었는데 넋이라도 집에 와 담요 없으면
심심할 거 아니여."
참 지독하지 않은가?
땀내 나는 그 사랑. 그 그리움.

동네 앞바다에서 갯일을 하는 할머니는 바닷물이 밀려올 때까지
조개며 바지락을 캐신다.
오후 다섯 시 밀물이 밀려오고 할머니는 바닷물에 세수를 한다.
또 몸에 묻은 개흙을 씻어 내고 얼마 캐지 못한 조개와 바지락도
깨끗이 씻는다.
칸막이 하나 없는 공장 담벼락에서 옷을 갈아입고,
곱게 로션을 바르고 머리를 빗는다.
감기라도 걸릴까 단단히 마스크를 하고 집으로 돌아가는 길,
넘어가는 해에 부표와 할머니가 곱게 한 빛이 된다.

갈매기

4년 전쯤 어느 겨울날 새벽, 동네에서 작은 생선가게를 하시는
할아버지의 리어카를 따라다닌 적이 있었다.
할아버지는 부두에서 물고기를 사다 가게랄 것도 없는 좁은 집에서
생선을 말려 팔고 계셨다.
그즈음 경기가 더 나빠져 할아버지는 새벽마다 동네를 다니며
쇳조각이며 종이박스를 모아 생활비에 보태셨다.
매일 새벽 2시가 되면 작은 리어카를 끌고 고가차도 밑을 지나며
고물을 모았는데 할아버지의 리어카가 마지막으로 들러 가는 곳은
대형화물차 바퀴를 때우는 작은 가게였다.
할아버지는 쇳조각을 그냥 주워 가기 미안해 그곳 간이 사무실에서
항상 세 시간을 기다렸다.
주인아저씨가 출근하면 가게 문을 함께 열고 공구와 기계들을 내놓고
주변을 정리하고서야 리어카를 끌고 집으로 돌아오셨다.
그날 새벽, 간이 사무실에서 주인아저씨를 기다리던 할아버지한테서
이북에 두고 온 가족 얘기며 피난 시절 얘기를 들었다.
힘들었던 시절 얘기를 하면서도 할아버지는 아기 같은 표정을 지으셨다.
2년 전부터 할아버지는 몸이 불편해 집에 누워 계신다.
할아버지가 새벽마다 가시던 그 길을 지나는데 갈매기 한 마리가
고가 밑을 날아다니고 있었다.

웃는 듯 우는 듯

어렸을 적 불발탄이 터지는 바람에 크게 다친 아저씨는
한쪽 다리와 손이 불편하다.
아저씨는 동네 밖으로 나가는 게 쉽지 않다.
내가 이 동네에 처음 왔을 때부터 지금까지
아저씨는 늘 같은 모습으로 동네 어딘가에 계셨다.
마을 잔치를 할 때도, 아이들과 똥바다로 산책을 갈 때도,
사진을 찍으러 골목을 다닐 때도 아저씨가 계셨다.
있는 듯 없는 듯 동네 어디를 가도 만날 수 있는 아저씨가
한동안 어디서도 보이지 않았다.
"다치려고 그랬는지 도로 턱에서 발을 내리는데 그날따라 한 길을
넘게 떨어지는 것 같더라고, 그래 몇 달 동안 병원에 있었어."
웃는 듯 우는 듯한 눈으로 동네 아이들을 바라보던 아저씨를,
처음으로 사진에 담았다.
사진을 찍는 내 표정도 웃는 듯 우는 듯 했을 것이다.

야!

그물을 이불 삼아 자고 있는 이 녀석은 떠돌이 개다.
최 할머니는 이 녀석을 그냥 야!라고 부른다.
새벽부터 시작된 그물 꿰매는 일에
"손가락이 디려 빠지게 시려" 손이 곱을 때
뻘건 해가 떠 할머니가 "저 해 참 고맙다" 하면
야!는 어디선지 기어 나와 늘어지게 한숨 잔다.
그러고는 점심때쯤 할머니가 도시락을 나누어 주면
맛있게 받아먹고는 "어디로 마실을 가는지"
어슬렁어슬렁 사라진다고 한다.

며칠 전 최 할머니를 다시 만나
야!의 소식을 들을 수 있었다.
야!는 트럭 밑에 새끼 셋을 낳아 놓고는
택시에 치여 죽었다고 한다.
야!의 새끼는 할머니가 한 마리 거두고
두 마리는 이웃들에게 부탁해 키우고 있다고 한다.
"산목숨은 다 가여운 거야.
근데 산목숨 버리는 젊은 것들 보면
그걸 잘 모르는 것 같아."

하 할머니

하 할머니의 고향은 황해도다.
열다섯이었던 1951년 여름, 학교에서 집으로 돌아오던 하 할머니는
퇴각하던 국군 행렬을 만나게 되고, 강제로 트럭에 태워져 차도라는
섬에서 원치 않는 피난살이를 하게 되었다.
하루아침에 피붙이 하나 없는 곳에 팽개쳐지듯 시작된
남쪽에서의 삶이었다.
같은 고향 사람인 할아버지를 만나 함께 외로움을 달래며
살아온 할머니는 요즘 많이 힘들다.
할아버지가 몸져누우셨기 때문이다.

"할머니 힘드시죠?"

"근데 이상하지, 내가 힘들고 외로울 때마다 내가 아니라
자꾸 예수님 때문에 울게 돼. 그 동산에서 그 십자가 위에서
얼마나 외롭고 아프셨을까, 얼마나 힘드셨을까,
예수님 때문에 내 마음이 아파서 자꾸 울게 돼."

옛 생각

할머니가 집 앞에 앉아 계셨다.
동네 큰 어른.
연세가 그렇고, 사람들에 대한 마음 씀씀이가 그렇다.
뱃일을 그만둔 뒤로는 집 앞 정성스레 가꾸는 꽃들을
물끄러미 바라보며 앉아 계신 날이 많아진 할머니.
그곳에 가만 앉아 있으면 옛일이 구물구물 피어오르신단다

갈 수 없는 슬픈 고향 생각,
할머니 가슴에 묻은 불쌍한 큰아들 생각,
어려웠던 시절 고마운 사람 생각,
서울시청이 그저 큰 부잣집인 줄 알고
조개를 머리에 이고 팔러 들어갔던 우습고도 슬픈 생각…….

지난주 할머니는 충청도에 다녀오셨다.
갑자기 피난 시절 갈 곳 없어 막막할 때 할머니 가족을 받아 준
고마운 아주머니가 생각났고, 그때 참 고마웠다고 다시 인사하고
싶으셨단다.
그 집 책갈피에 감사편지 대신 10만 원짜리 한 장 몰래 끼워 넣고
돌아와서 다시 집 앞에 앉아 계신 할머니.
오늘은 또 어떤 옛일이 구물구물 피어오를까.

기억

느릿한 걸음으로 동네를 걸었다.
저 멀리 길 위 낡은 담벼락 모퉁이, 두 분 할머니들 자리.
이제는 김 할머니 홀로 앉아 느릿한 시선으로 나를 바라보신다.
꾸벅 고개를 숙였다.
나에겐 짧고 할머니에게는 떠오르지 않는 기억을 더듬는 아주 긴 순간.
나를 보고 의아해하는 할머니 눈빛에 가슴 한 켠이 다시 아렸다.
동네를 지날 때마다 나누었던 인사는 이미 할머니 기억 저편에 있다.
집에 돌아와 몇 해 전 찍은 할머니 사진을 들여다보았다.
깊은 방 서녘 쪽빛에 기대 낡은 앨범 속 기억을 더듬던 할머니들.

제주, 그 맑은 바다에서 자맥질하며 바다 것들을 건지던 처녀.
두려움 속에서 지내야 했던 4.3의 기억
어선을 폭격하던 미군기의 그 무시무시한 불꽃과 굉음일랑은 잊으시길.
어린 처녀가 유영하던 그 푸른 바다 빛깔은 선연하길.

용기

뒷집 대인호 할아버지 할머니는 60년 넘게 바다에서 일을 하셨다.
이제 폐선을 하고 집에만 계시려니 오죽 답답했을까.
할아버지가 식사도 잘 안 하신다며 할머니 걱정이 이만저만이 아니다.
할아버지는 개를 한 마리 데려다 키우기도 하고, 비둘기들 모이도
주면서 적적함을 달래려 하셨지만 쉽지 않은 모양이었다.
얼마 전 할머니의 빨랫줄에는 할아버지 생일상에 올릴 민어가 널렸다.
할머니는 "돈을 주고 생선을 다 샀다."며 그게 참 웃기시단다.

빨랫줄에 민어가 걷히고
며칠 뒤 외출복 차림의 할아버지를 뵈었다.
"할아버지 어디 가세요."
"어, 경로당."
헐~ 대인호 할아버지가 경로당을.
나는 그게 참 웃겼다.
재빨리 골목을 돌아 할아버지가 지나가기를 기다렸다.
할아버지의 용기를 축하하고 싶었기 때문이다.

어두운 방

허 할아버지가 할머니와 사는 방은 한낮인데도 무척 어둡다.
할아버지와 할머니는 두 분 모두 몸이 좋지 않으시다.
거동이 더욱 불편한 할머니를 허 할아버지는 정성으로 돌보신다.
허 할아버지의 어두운 방…….
반쪽 삶을 산다는 것 ,
일하다 다친다는 것,
늙는다는 것,
누군가 한 사람을 끝까지 책임진다는 것,
어두움 속에서도 그 선함을 형형히 빛낸다는 것,
닮고 싶다는 것,
이런 것들이 떠돌아다녔다.

소풍

할머니가 오랜만에 골목을 나선다.
집 안에만 계셨던 게 답답했나 보다.
이곳저곳을 바람처럼 다니고 싶어도
거동이 불편하니 마음뿐이다.
할머니가 가시는 곳은 큰길가에 있는 평상이다.
그래도 곱게 화장하고 외출복까지 챙겨 입으셨다.
어디 멀리 놀이 가는 기분이 드는가 보다.
동네 평상에 앉아 바람에 실려 오는 소식을 듣고
할아버지가 준비한 튀김을 나누어 드신다.
음식이 있고, 님과 벗이 있다.
고운 차림에 꽃까지 피었으니 참 좋은 소풍이다.

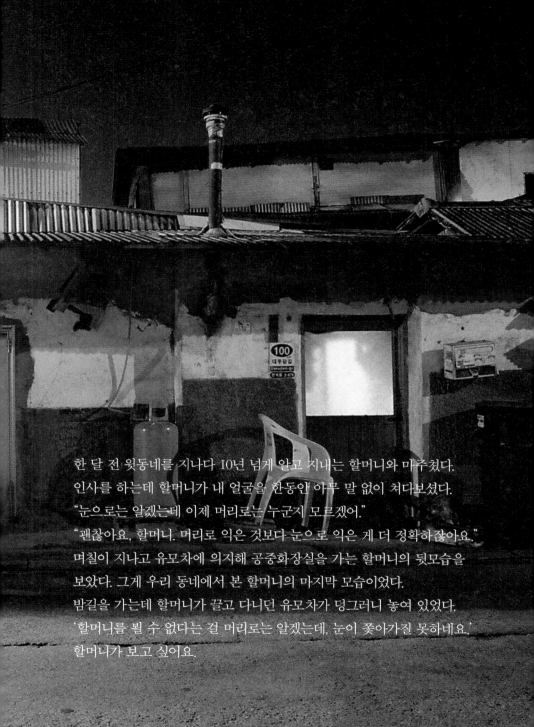

한 달 전 윗동네를 지나다 10년 넘게 알고 지내는 할머니와 마주쳤다.
인사를 하는데 할머니가 내 얼굴을 한동안 아무 말 없이 쳐다보셨다.
"눈으로는 알겠는데 이제 머리로는 누군지 모르겠어."
"괜찮아요, 할머니. 머리로 익은 것보다 눈으로 익은 게 더 정확하잖아요."
며칠이 지나고 유모차에 의지해 공중화장실을 가는 할머니의 뒷모습을
보았다. 그게 우리 동네에서 본 할머니의 마지막 모습이었다.
밤길을 가는데 할머니가 끌고 다니던 유모차가 덩그러니 놓여 있었다.
'할머니를 뵐 수 없다는 걸 머리로는 알겠는데, 눈이 쫓아가질 못하네요.'
할머니가 보고 싶어요.

어떤 동네
흩어진 삶

서로 기대며 뭉쳐 살던 이웃들은
낯선 곳에서 고립되었다.

2000년이 되면서 동네 주변으로 고층아파트들이 들어서기 시작했다.
미운 정 고운 정 들이며 한 세월 이웃으로 지내던 사람들은
여기저기로 뿔뿔이 흩어졌다.
보상비라고 받아 봐야 집을 새로 사거나 아파트에 입주하기에는
턱없이 부족했다.
근처 빌라에 세를 들거나 주택가 반지하로 이사했다.
가진 것 없어도 맘 편한 내 집에서 비슷한 처지의 이웃들과
서로 기대며 뭉쳐 살던 이웃들은 낯선 곳에서 고립되었다.
이제 부부 싸움이 나도 누구 하나 나서서 말리는 사람이 없다.
함께 국수를 삶아 나눌 이웃도 없다.
동네에 친구 하나 없는 아이들은 눅눅한 지하방에서 무엇을 할까.
할머니 할아버지들은 말벗 하나 없는 그곳에서,
그 적막함 속에서 무슨 낙으로 살아가실까.

함께 국수를 삶아 먹는다

목숨 부지하기 위해 떠나온 고향
하늘에서 뚝 떨어지듯 시작된 타향살이
그래도 위로가 되었던 건 같은 아픔을 나눌 수 있는 사람들이
함께 모여 있다는 것이었다.

고달픈 타향살이에 서로 악다구니하며 싸웠어도
서로 기댈 수 있는 이웃이 있다는 건 행복한 일이었다.
나라에서 기둥이 세 치(9cm)가 되지 않는 것은 집이 아니라며
허물려 할 때도,
아이들 등록금에 애가 탈 때도,
그물이 불에 타 앞길이 막막할 때도,
이웃이 있어 살 수 있었다.

며칠마다 함께 국수를 삶아 먹으며
가난하게 살아도 이 정도면
참 재미지게 산다 생각도 했다.

아파트가 올라가고, 이제 뿔뿔이 흩어져야 한다.
두 번째 타향살이를 떠나야 할 시간이다.

모두 떠나 버린

저녁 무렵이면 밥 냄새 가득하던 그 골목은,
온기도 소리도 냄새도 모두 사라져 버렸다.
철거를 앞두고 모두 떠나 버린 골목을 서성이다 들어간 그 집 부엌에는
버려진 가마솥만 어둠 속에 덩그마니 놓여 있었다.

윙 하는 이명이 들리도록 한참을 앉아 있으니 다락문이 나타났다.
삐걱거리는 사다리를 타고 올라가니
다락방 한구석으로 비쳐 든 햇빛 한 줌이
낡은 사진을 어루만지며 가만히 위로하고 있었다.

밖에서 보면 언제 무너질지 모를 만큼 허름하고 지저분해 보여도
오갈 곳 없는 사람들이 함께 모여 이룬 이곳에서는 가난한 사람들이
스스로 삶의 주체였다.
낡거나 부족한 것이 있으면 제 요량에 맞추어 스스로 고치고 채웠고,
이웃과 싸우고 화해하고 나누었다.
강요된 가난 속에 던져진 이웃들은
자발적 가난의 근거 그 소중한 미래의 싹들을 동네 자투리땅에,
골목의 세간들 속에, 그 낡은 집들 속에, 이웃들과의 부대낌 속에,
때론 슬프고 때론 아름답게 새겨 넣었다.

이제 우리 동네는 거친 파도와도 같은 세상 속에
죽은 듯 떠다니는 난파선처럼
아파트에 공원에 도로에 여기저기가 잘리어 나갔다.

할머니의 담

우리 동네 끄트머리에 있는 43번지,
이제 그곳 여기저기에도 빈집이 늘어 간다.
폐허가 되어 가는 집들을 보면 마음이 서늘해진다.
할머니는 주변에 흩어진 콘크리트 조각과 돌, 나무를 주워
담을 만들었다.
담 안쪽에는 버려진 화분과 스티로폼 박스를 나란히 놓고
흙을 담아 놓았다.

이제 곧 40층이 넘는 주상복합 아파트가 들어서게 된다는
무너져 가는 동네 한 켠에 만든 할머니의 담.

그 작은 담이 폐허가 되어 가는 세상에서
어찌할 바 모르는 내게 속삭인다.
'무너져 없어질 것을 쓸모없는 일이라고,
괜한 짓 한다고 생각지 말라고
낮은 숨을 쉬더라도 오늘을 이어 가는 게
삶이고 희망 아니겠냐고.'

바람이 지난 자리

태풍이 지나가고 지붕 여기저기에 구멍이 뚫렸다.
그래도 해질 녘이 되자 어김없이 파란 하늘이 열렸다.
내일 아침 날이 밝으면 사람들은 낡은 벽에 사다리를 대고
고양이처럼 신중하고 조심스레 몸을 움직여 지붕으로 오를 것이다.
낡은 슬레이트 지붕 위의 아찔한 긴장감이 어깨로 전해지고
한 방 한 방 신중한 망치질 소리에 조마조마하게 구멍이 때워지면
굳은 어깨로 파란 하늘이 내려와
가만히 등 두드려 줄 것이다.

바람이 지난 자리에
삶이 이어진다.

어떤 동네
작은학교

어른들이 주저하며
힘겹게 꿈꾸는 세상을
아이들은 너무나 자연스럽게
온몸으로 살아간다.

어떤 동네, 작은학교

할머니 할아버지, 아버지 엄마가 일하러 나간 텅 빈집
그 빈집들 가운데 이모 삼촌들이 있는 곳
형아, 누나, 동무들이 복닥거리며 활기와 생명을 불어넣는 작은 공부방.

한 해 두 해, 한 명 두 명 모인 아이들이 자라 이모 삼촌이 되고
한 해 두 해, 한 명 두 명 모인 이모 삼촌들이 만나 아이를 낳고
그 아이가 다시 어떤 동네 작은학교 한 아이가 되는 작은 집.

고단한 노동에도 북적이는 삶이 있어 살 만하던 때부터
빈집, 빈 골목이 생명을 다하듯 스러져 가는 오늘까지
가난한 아이들과 사람들이 서로가 서로를 보듬는 곳
모두가 가난해져 모두가 평등해지는 세상을 꿈꾸며
함께 노래하고 일하는 작은 공동체.
우리들의 이야기를 담은 인형들을 들고
세상 곳곳으로 동무들을 찾아가는 꿈을 꾸는 곳.

23년 전 기찻길 옆에 자리 잡은 아주 작은 공부방
이 작은 공동체가
사람의 한살이를 닮았으면.
태어나고 성장하고 성숙하고 쇠했으면
그렇게 한걸음 한걸음 걷다 사람들 속에 흩뿌려졌으면.
공부방도, 작은학교도
그 어떤 이름도 그 어떤 형태도 남지 않았으면.
가난한 동네 가난한 아이들과 집과 밥과 평화를 나누는 꿈을 꾸며
공부방 이모 삼촌으로 불리는 이들과 그곳 아이들이
서로가 서로에게 인격적으로 맺어진 아주 작은 공동체로
한 사람 한 사람으로 온전했으면.

오병이어

초등 5학년 하은이가 붕어빵 다섯 개를 들고 공부방에 들어섰다.
학교 앞 붕어빵 가게를 지나는데 맛있어 보여 나눠 먹으려고
있는 용돈을 다 털어 사 왔단다.
아이들과 똑같이 나누려고 둘러앉았다.
'붕어' 빵이니 '오병오어'라 불러도 그리 틀린 말은 아닐 것이다.
붕어빵 다섯을 스무 조각으로 나누어
아이들 스무 명의 마음을 꽉 차게 배부르게 했으니
오병오어의 기적이라 해도 되겠지.

금붕어 한 마리가 있었다.

아이들이 돌아가며 먹이를 주었다.
그렇게 7년이 흘렀다.
겨울이 되었다.

몸이 뒤집혔다.
금붕어는 몸이, 아이들은 마음이 아팠다.
아이들은 물에 풀어 죽처럼 만든 먹이를 주었다.
학교 갔다 와서 금붕어 한 번 보고,
놀다가 뛰어 들어와서 금붕어 한 번 보고,
집에 가다 금붕어 한 번 보고,
그렇게 한 달을 살았다.

설날이 되고
금붕어는 아무도 없는 시간을 택했다.
금붕어는 옥상 꽃밭 한 켠에 묻혔고,
아이들은 빈 어항에 마음을 담았다.

한 달
두 달
세 달
네 달
다섯 달
여섯 달
일곱 달
여덟 달
그리고 가을이 되었다.

꽃밭의 흙을 조금 파고,
아이들은 다시 물을 주기 시작했다.

맏이

한 해의 마지막 날 동생이 태어났다.
엄마 아빠 없이 처음 이모집에서 자야 하는 아가의 얼굴에서
평소답지 않은 깊은 근심과 불안이 느껴져 마음이 안쓰럽다.
새로운 생명의 창조 그리고 그 혼란을
온 힘을 다해 받아들여야 하는 시간이 아가 앞에 놓여 있다.
이 시간이 아가에게는 결핍의 시기로 무의식 안에 각인될 수도 있다.
어느 누구도 대신 감당해 줄 수 없는 그 결핍의 시간이
아가가 한 인간으로 성장하고 성숙해 가는데
꼭 필요한 시간이라고 나는 믿는다.

동무

백 일 터울 친구 한선이와 한울이는 같은 점이 많다.

이름 한 글자의 소리가 같고 그 뜻이 같다.
한 삼 년 인생 짬밥이 같고
개를 좋아하는 마음이 같고
엄마에게 떼쓸 때 꼴통이 되는 게 같고
작은학교 인형극의 열혈팬인 게 같고
발을 외로 꼬고 앉아 인형극을 보고 있는 머리통 모양도 똑같다.

참 같은 듯 다르고, 다른 듯 같다.

꿈을 꾸어 본다.
몸과 마음이 쑥쑥 자라
한 놈은 인형 다리를, 한 놈은 인형 머리와 팔을 붙잡고
두 몸과 마음이 하나로 모아져
인형 안에 생명과 온기를 불어넣는 동무가 되어
새로운 동무를 찾아가는 꿈 말이다.

새로운 가족

공부방 이모 삼촌들은 대부분 공부방에서 만난 사람들과
결혼을 하고 공동체를 꿈꾸며 우리 동네에 모여 산다.
함께하는 시간이 많고 지향이 같으니 어찌 보면 자연스럽고
당연한 일이다.
이모 삼촌들이 낳은 아이들이 하나둘 늘어나고
아이들은 다시 공부방에 다니며 새로운 가족을 이루게 된다.
새로운 형태의 확대된 가족
어른들이 주저하며 힘겹게 꿈꾸는 세상을
아이들은 너무나 자연스럽게 온몸으로 살아간다.
공동체를 사는 아이들, 행복해 보인다.

새 울음

어찌 사진 한 장 남지 않았는지…….
상도야,
네 이름을 부르니 스물한 살,
이십 년도 더 된 마음 한구석 낡은 서랍 깊숙이
넣어 둔 네 짧고 슬픈 삶,
그 황망한 주검이 새가 되어 날아오르며 긴 울음을 우는구나.
스무 해가 지났어도 내 안에 네가 우는 것은
아마도 네가 우리였기 때문인가 보다.

송편

아이들이 반짝이는 새앙쥐 눈빛을 하고 쌀 반죽을 바라본다.
오물락 조물락 고사리 손으로 제법 진지하게 송편을 빚는다.
떡이 익는 동안 눈을 떼지 못하던 아이들이 솥뚜껑을 여는 순간
와~ 하고 소리를 지른다.
터지고 찌그러지고 삐뚤빼뚤한 달님을 한입씩 베어 물면
아이들 마음속엔 한가위 보름달이 한가득 들어차고
온몸이 둥실둥실 들어 올려진다.

아이

"그냥 막 나를 꼬집고 깨물고 싶어.
마음이 답답해서 가슴에서 쿵쿵 소리가 들릴 때까지
막 소리치면서 뛰고 싶어."

서럽게 눈물 흘리며 막내가 쏟아 낸 말이다.
그날 밤, 동네 바닷가를 내달리던 아이의 뒷모습과 고함 소리가
무심한 내 마음을 때렸다.

무척이나 섬세하고 은밀해 좀체 밖으로 드러나지 않는 아이의 마음.
그저 그렇게 크나 보다 하며 내버려 두기 일쑤였다.
그런 내 마음은 아이에게 커다란 상처가 되었고
아이의 마음은 아프고 괴로웠다.

며칠 뒤 비 오는 날 오후,
막내가 우산을 가지고 놀다 활짝 웃으며 나를 용서한다.
미안해…….

하극상

범상치 않은 눈빛으로 공부방에 첫발을 들여놓은 초등 1학년 박 군은
여러모로 공부방 20년 역사를 새로 쓰고 있다.

그 첫발은 이모들을 향해 던진 이 한마디였다.
"이모, 나 돈 주세요."
학교 가져갈 간식 사야 한다는 게 이유였다.

두 번째 발걸음은 아이들에게 큰소리치던(맹세컨대 장난이었다.)
내게로 향했다.
"나는 큰소리치는 사람이 제일 싫어요."
나는 결국 이모들에게 '쓸데없이 애들 겁먹게 하지 마라'는 핀잔을
들어야 했다. 단지 혀만 내밀지 않았을 뿐 '메롱~' 하는 표정으로
이모들을 방패 삼아 나를 쳐다보던 그 도발적인 눈빛이란……

며칠 전, 세 번째 발걸음이 2학년 형들을 향했다.
자신이 사실은 '초등 2학년'이라고 강변하는 초등 1학년 박 군 앞에서
2학년 형들은 경악과 분노를 금치 못했다. 동생의 되도 않는 '하극상'을
그저 바라볼 수밖에 없었던 2학년 형들의 표정은 비통하기만 하다.

군의 용기와 그 늠름한 기상에 힘찬 박수를 보내는 바이다.
짝~ 짝~ 짝~.

하늘 나라 봄 들판

은석이는 엄마, 아빠, 누나, 강아지 땅콩과 별님이와 함께 살았다.
여느 아이들처럼 학교도 가고, 자전거도 타고, 친구들과 한발뛰기도
하고 싶은 열세 살 은석이는 근육병을 앓았다.
하루 종일 집에 앉아 텔레비전을 보고 오락과 레고 놀이를 했다.
가끔 찾아오는 동네 꼬마들과 강아지들이 은석이의 유일한 친구였다.
은석이는 일주일에 한 번씩 찾아가는 공부방 이모와 1시간 동안
만들기, 책읽기 하는 날만을 손꼽아 기다렸다.
자신의 다리도 점점 굳어져 걷기가 어려워졌을 때,
같은 병을 앓던 형의 죽음을 지켜보아야 했던 은석이는
절망도, 두려움도 마음 깊이 숨겨 버렸다.
은석이의 소원은 자신이 건강해져서 가족들이 더 이상 마음 아프지
않게 되는 것이었다.
죽은 큰아들을 가슴 속에 꽁꽁 묻은 엄마는 은석이의 수술비를
마련하기 위해 새벽부터 밤늦게까지 굴을 깠다.
몇 년 뒤 은석이가 형을 따라 하늘 나라로 가던 날,
그제야 엄마는 굴 까던 손을 떨구었고 세상은 이상하리 만큼 고요했다.
은석이는 그곳에서 먼저 하늘 나라로 간 공부방의 마음씨 좋은
상도 형과 별님이와 땅콩 그리고 같은 병을 앓던 형과 함께
그 순한 얼굴로 하늘 나라 봄 들판의 바람이 되어
아지랑이 날리며 불어 가겠지.

오리야

나는 어떤 동네를 떠나던 날,
눈물 한 방울 흘리지 못했어.
난 그때 너무 아프고 무섭고 힘들었거든.
낯선 이곳에서 외롭지 않냐구?
응, 조금.
하지만 괜찮아, 네가 있잖아.
그리고 이건 비밀인데
어떤 동네 공부방 사람들이
내 옆에서 계속 날 지켜 줄 거야.

이제 내려 달라구
그래, 알았어.
조금만, 아주 조금만 더 안고…….

"혀어~엉"

저녁을 먹다 우당탕 소리에 놀라 내려가 일 층 문을 열면
후끈한 열기가 밀려오고 땀범벅이 된 중1 사내놈 셋이
텅 빈 공부방 바닥에서 곰처럼 뒤엉켜 놀고 있다.
아, 저건 정말 사람이 아니지 싶다.

'곰 세 마리'의 공부방 형은
중3인 '나무늘보(혹자는 너구리라고도 하는데 내가 보기에는 영락없는
나무늘보다)'인데 동작은 느리지만 영민하고 마음이 순수해서
곰 세 마리와 격의 없이 잘 어울려 논다.

그림이라도 배워 줄 요량으로 녀석들을 데리고 부둣가에 갔는데
영민한 나무늘보는 그런대로 집중해 그림 공부를 한다.
하지만 그도 잠시, 곰 한 마리가 어슬렁거리며 다가와 옆에 앉더니
몸을 비비며 "혀어~엉" 하며 정말 곰 울음소리를 내며 놀잔다.

사춘기

공부방 미술 시간에
'종이 공예 바구니'를 만들러 내려갔던 아이가
저 혼자만 모자를 만들어 쓰고 올라왔다.
아이에겐 질풍노도, 부모에겐 절차탁마의 시간.
아이에겐 성장, 부모에겐 성숙을 요구하는
사춘기란 정말······.

숲길

아이는 학교라는 틀 안에서 공공연하게 벌어지는 심리적, 물리적
폭력을 지켜보는 게, 그 한가운데 있다는 게 진저리 나게 싫다고 했다.
요즘 학교라는 곳에서 일어나는 일들을 모르는 바 아니었지만 참담했다.
학교를 그만두겠다는 딸아이에게 선택할 수 있는 기회를 주고 싶었다.
며칠을 고민하던 아이는 힘들어도 중학교까지는 다녀 보겠다고 했다.
안쓰러운 눈으로 아이를 바라보던 아내는 나와 아이의 짐을
꾸려 주었다.
남종문인화의 대가, 무등산 도인으로도 불렸던 의재 허백련 선생은
하늘과 땅과 사람을 극진하게 사랑했던 이였다.
그 마음으로 무등산에서 차를 재배하고 오갈 데 없는 이들을 불러 모아
농업학교를 꾸려 나갔다. 농업학교는 선생이 돌아가셨던 1977년
단 한 명의 졸업생을 마지막으로 배출하고 문을 닫았다.
아이와 함께 선생의 묘소를 둘러보고 이제는 인적이 끊긴 듯한
길을 따라 차밭으로 올라갔다. 한 사람, 그 애달픈 이름을 위해 당신의
모든 것을 걸었던 선생과 학교가 있었다는 것을 보여 주고 싶었다.

차밭으로 오르는 숲길 사이로 가을 햇살이 스며들고 있었다.

세 친구

학교에서 사람 취급 못 받아 무기력감이 온몸을 휘감고
성적이 바닥을 박박 기어 전문대도 쳐다보기 힘들지만
우리는~ 엔~돌~핀이에요.
가난한 동네에 사는 찌질이라 놀려도
얼굴, 몸매, 명품 옷 뭐 하나 제대로 갖춘 것 없어도
우리는~ 엔~돌~핀이에요.

우리는 가면을 쓰지 않아요.
쓸데없이 근엄한 척, 진지한 척하지 않고 허황된 욕심부리지 않아요.
우리 모습 그대로 자신에게 솔직하고 다른 사람에게 당당해요.
우리는 우리를 진심으로 걱정하는 사람들을 누구보다 잘 알아보는 눈이
있고요, 그 사람들의 눈물로 온 가슴 적실 수 있는 순정이 있어요.
또 우리는 장구도 잘 쳐요, 인형극도 수준급이죠. 그러니까 한마디로
우리 세 친구는 예술가들인 거죠.
그렇다고 '자뻑'에 눈이 멀어 자기 세계에만 빠져 사는
그런 폐쇄적인 예술가는 아니에요.
약하고 힘없는 사람들의 고통받는 이야기를 들으면 우리의 몸과
마음을 움직여 그곳으로 향하는 열린 예술가들인 거죠.
가면 쓴 세상의 눈에 우리들은 앞길 안 보이는
갑갑하고, 철없고, 대책 없는 찌질한 청춘으로 비춰질 테지만
사실 우리는, 세상의 엔~돌~핀이에요.

고1과 고3 사이

그동안 아이들에게 무슨 일이 있었던 걸까.
그사이 세상과 학교는 아이들에게 무슨 짓을 저지른 걸까.
작은 세상에 대한 희망을 꿈꾸며 밝은 웃음을 터뜨리던
그 예쁜 청춘들이 수능을 한 달여 남긴 지금 시든 꽃처럼
마지막 생명력을 쏟아 붓고 있다. 너무 잔혹한 일이다.

작은 세상에 대한 희망을 꿈꾸며
밝은 웃음을 터뜨리던 2년 전 그때,
창문으로 엿보았던
그 푸른 미소들을 다시 보고 싶다.

열여덟

불볕더위다.
더위에 사로잡힌 몸속, 마음속에서 열불이 난다.
교육감 선거, 짓밟히는 촛불, 정권에 유린당하는 방송사,
생사를 넘나들며 싸워도 철저히 외면당하는 비정규직 노동자들.
이제 체면치레도 필요 없단다.
베이징 올림픽 경기장에서는 다양성의 탈을 쓴 중화주의가
독한 열기로 모든 것을 태워 버리려는 듯 맹렬한 기세로 타오른다.
이러면 안 되지, 이러면 안 되지,
이 더위에 미치지 않으려면,
분노로 마음을 태워 버리지 않으려면 시선을 돌려야 한다.

그래, 너희가 있었지.
열여덟, 그 푸르고 찬란한 생명력.
그 푸른 잎으로 어린 동생들의 그늘막이 되어 주던 너희들이 있었지,
온몸을 비에 맡겨 그 푸른 생명의 나무를 키우고 있는
너희들이 있었지.
고마워, 정말 고마워.

인연

사진을 찍기로 결심했을 때
한 선배가 사진기와 렌즈 여러 개를 마련해 주었다.
지인을 통해 얻은 사진기라며 처음 건네준 '미놀타'는 나온 지 오래된
사진기였지만 아주 깨끗하게 관리되어 있었다.
렌즈의 구성과 사진기의 꼼꼼한 관리 상태를 볼 때마다 원주인의
성품을 미루어 느낄 수 있었다.
필름에 맺혀지는 색감도 기대 이상으로 만족스러웠다. 따뜻한 색조가
도는 사진을 만들어 내는 그 사진기로 동네 구석구석을 기록했다.

시간이 흐르고 이제 그 사진기는 열아홉, 여름꽃처럼 화창한 청춘의
손에 들려 있다.
고인이 되었다는 사진기의 원주인과 사진기를 내 주신 그 분의 여동생,
그것을 내게 건네준 선배, 인생의 찬란한 한때를 그 사진기와
함께하는 열아홉 청춘.
알게 모르게 연결된 인연의 끈.

이 사진기를 마련해 준 분들께 고마움을 전하기 위해,
그리고 열아홉 청춘이 내는 찰칵 소리에
사람과 세상에 대한 애정이 깊이 새겨지길 바라며 셔터를 눌렀다.

가자, 세상의 틈을 따라

아이들을 사랑하는 스물하나 어린 청년.
나뭇잎 사이를 뚫고 나오는 빛들처럼
너의 마음 안에서 주체하지 못해 흘러나오는
찰나의 빛들, 그 여리고 순하고 착한 빛은
우리의 눈을 매혹한다.

그래, 함께 눈멀어도 좋다.
너와 나
미숙하고 어리석고 부족하더라도
서로를 떠받들고 세상을 더듬으며 가자.

세상의 틈을 따라
서툰 걸음일지라도
쉼 없이 옮기며 가자.

또 다른 나

아버지만큼 키가 크고 싶다던 꼬마가 이제는 제 아버지의 키를
훌쩍 넘어 자랐다.
술 좋아하고 사람 좋아하고 마음 어느 한 곳 모난 곳 없이
서글서글하고 사람 좋은 아버지의 품성을 꼭 빼닮은 청년은
자신의 자리를 어린 공부방 동생들에게 물려주고
무대 뒤에서 이것저것 잡일을 하며 동생들을 챙긴다.
떨리는 얼굴로 무대에 들어선 동생들을 보며
청년은 마음 깊은 곳으로부터 나오는 환한 웃음과 사랑으로
공부방 동생들의 용기를 북돋운다.
그곳에는 청년의 또 다른 나들이 수줍고 떨리는 목소리로
세상을 향해 소리치고 있었다.
우리 세상을 거슬러 거꾸로 가 보지 않을래요.

벚꽃 가득한 날

정희와 재양이는 초등학교 때부터 작은학교에 다녔다.
지금은 작은학교 이모 선생님으로 아이들과 함께 평화의 꿈을 꾼다.
누군가 희망에 대해 묻는다면 나는 당연히 그들의 모습을 떠올릴 것인데
이 둘은 공부방의 과거이며 현재이자 미래이기 때문이다.
재양이와 정희가 손바닥만큼 남은 가난한 동네를 떠나지 않고
이곳을 한 몸으로 지키며 사는 것이 신비롭고 기적 같기만 하다.
그들인들 재주 많고 마음 좋은 맏이로 커 가면서 이곳을 벗어나고
싶은 때가 왜 없었겠는가.
서쪽 하늘을 온통 선홍빛으로 물들이며 똥바다 아래로 지는 붉은 해를
바라보며, 길게 이어진 북해안선 철길을 걷고 또 걸으며, 공장 굴뚝
저 멀리 하늘을 가르며 나는 새들을 보며 왜 떠나고 싶지 않았겠는가.

어린 그들을 남겨 두고 모두들 떠나갔는데, 훨훨 날아들 갔는데,
지긋지긋한 가난이 싫다며 뒤돌아보지 않았는데…….
두 사람은 이곳을 떠나지 않았다.
가난한 이웃들 속에서 자신의 모습을 새로이 발견하고 인정하고
사랑하면서 사랑과 연대의 끈으로 자신들의 몸을
이 가난한 동네에 묶었다.
벚꽃 가득한 화창한 어느 봄날, 윗동네 고갯길에서
재양이와 정희가 환한 미소를 지으며 훨훨 날고 있었다.

이 세상 누구보다 놀라운 사람

공부방에서 처음 만났을 때 초등학교 6학년이던 아이는
서른넷 건장한 청년이 되어 아름다운 신부 앞에 당당하게 서 있었다.
자신이 농사꾼임을, 공부방 삼촌임을 자랑스럽게 밝힌 주례는
온 마음을 다해 두 젊은이의 성혼을 선포하였다.

"거친 바람 속에도 젖은 지붕 밑에도 홀로 내팽개쳐져 있지 않다는 게
지친 하루살이와 고된 살아남기가 행여 무의미한 일이 아니라는 게
언제나 나의 곁을 지켜 주던 그대라는 놀라운 사람 때문이란 걸……."

신부를 위한 신랑의 노래가 울려 퍼졌다.
익숙한 노랫말에 마음이 울컥했던 건 '그대라는 놀라운 사람'과
함께하기 위해 낮에는 미용사로 또 밤에는 화물차 운전수로
감기는 눈을 뜨기 위해 생양파를 베어 물며 새벽길을 달리던
새신랑의 모습이 겹쳐졌기 때문이다.

식장에 들어서기 전 새신랑은 사랑 가득한 눈으로
신부를 한번 쓱 돌아보았다. 그곳에는 이 세상 누구보다 놀라운 사람과
그 사람에게 가 닿기 위해 온몸과 마음을 다했던
그 아득한 시간이 흐르고 있었다.

아내가 웃는다

아내는 몸이 약하다.
이래저래 신경 써야 할 일이며 해야 할 일이 많은 아내
도우려 하기는 하나 대부분 겉치레 생색내기에 그치고 만다.
뒷감당은 아내의 몫이 되고, 미안한 마음에 그저 뒤통수만 긁을 뿐이다.
삐쩍 마른 몸이 안쓰러워 그냥 누워 며칠 쉬라고 해도
기를 쓰고 공부방에 내려가 아이들을 본다.
때론 그런 모습이 답답하기도 하다.
하지만 그도 잠시, 공부방에서 아이들을 바라보는 아내의 얼굴을 보면
이내 마음이 누그러진다.
그래 행복은 어떠한 감정의 상태, 느낌이 아니라고들 하지 않던가.
힘들고 고통스러워도 움터 나는 생명의 빛에 몸을 맡겨
함께 흘러가는 것,
그게 행복이고 보약 아니겠는가.

모로 누운 부처

와불의 뒤태로 누워 있는 작은학교 종연이 삼촌은
동네 근처 어린이집에서 봉고차 기사로 일하면서
지역신문도 만들고, 중등부부터 대등부까지
영어, 수학, 과학, 한국지리, 열역학 등 정말 전천후로
아이들의 공부를 돌보아 준다.
품성이 순수하고 따뜻한 삼촌 앞에서는 대등부 청년들도
어린아이가 되어 응석을 부리곤 한다.

흐르는 물을 자리 삼아 산을 담요 삼아 모로 누운 삼촌은
작은학교 아이들의 물놀이 모습을 마음에 담고 있다.

물론, 입가에는 와불의 그 편안한 미소를
띠고 있을 것이다.

보고 싶은 사람

우리 동네로 이사 왔던 브라질 사람.
목요일 밤이면 연탄불에 맛있는 빵을 구워 나누어 주던 사람.
연민은 동정이 아님을,
약하고 부서진 마음속 깊은 곳으로부터 길어 올려진 사랑임을,
하나됨이라는 것을 알려 준 사람.
약하고 어린 생명들을 더욱 사랑한 사람.
이제는 지구 반대편 가난한 사람들 속에서 우리 동네를 잇는 사람.
보고 싶은 사람, 보아야 할 사람.

어머니

뚝딱뚝딱 음식을 만든다.
목재공장, 가구공장, 도금공장 평생을 공장노동자로 묶여 있던 몸
자식을 따라 낯선 동네에 새로이 뿌리내리기 시작하면
좀 자유로이 이곳저곳 다니려나 했는데 이제는 몸이 문제다.
고된 노동에 혹사당한 다리가 말을 듣지 않는다.
2006년 어머니는 세 번의 수술을 받고 많이 늙으셨다.
성당에 나가는 일 말고는 거의 바깥 출입이 힘들어지셨다.
병원에 누워 내 욕심이 컸다 말하시는 어머니를 보며 가슴이 아팠다.
이제 스스로 아무것도 할 수 없다는 그 막막한 상실을
몸으로 마음으로 받아들이는 것이 얼마나 큰 도전이며
용기가 필요한 일인지를 알았다.
어머니는 그 도전에 겸손하게 응답했고
이제는 좀 더 너그러워진 얼굴로 자신과 가족,
이웃들과 세계의 평화를 위해 기도하면서 음식을 만든다.
어머니와 함께 새우젓을 사러 나간 날, 포구 옆 낡은 건물을 둘러싼
담쟁이 넝쿨을 보며 당신 같다는 생각이 들었다.
여름의 푸르름을 지나 이제 몇 잎 남지 않은 늦가을 담쟁이 넝쿨
자신의 때를 알아 잎을 떨구는 그 현명한 아름다움이 빛나고 있었다.

망치질

아이들과 일주일에 한 번씩 옥상에서 목공을 한다.
주워 온 서랍을 뜯어 나무탁자나 인형을 만드는데 아직 작업이 서툰
3학년 동생들을 돌보는 것은 5학년 형들의 몫이다.
시키지 않아도 계단을 오르내릴 때 동생들을 가운데 세우고
"하나, 둘" 소리를 내며 발을 맞추어 준다.
나무를 이리저리 움직여 동생들의 서툰 망치질에
못을 맞추어 주는 5학년 형들의 모습을 보면 마음이 뜨거워진다.
세상의 잣대로 보면 뭐 하나 잘난 것 없는 아이들.
그래서 망치질 소리에도 보듬는 마음을
담을 수 있는 아이들이다.

대청소

공연이 끝나고 오월이 되면 아이들과 함께 대청소를 한다.
공부방 구석구석 겨우내 묵었던 먼지들을 닦아 내고
창문도 모두 떼어 내 물청소를 한다.

아이들은 대청소 날을 손꼽아 기다리는데
대청소는 규모가 무척 큰 소꿉놀이,
서로 재잘대며 손을 모으는 축제이기 때문이다.

'축제'의 마무리는
다함께 어깨를 맞대고 바닥을 청소하는 걸레질이다.
맑아진 창문을 통해 들어온 빛이 아이들 얼굴과
걸레를 움켜쥔 손을 비추고 공부방에는 잠시 정적이 흐른다.

"준비, 땅!"
"와~" 하는 함성과 함께
아이들은 공부방 바닥을 엎드려 내달린다.
아이들 기세에 눌린 묵은 때는 걸레가 닿기도 전에
벌써 동네 저만치로 줄행랑을 놓는다.

작은 촛불

아이 하나하나는
세상과 비교할 수 없는
소중한 촛불이다.
모든 것을 먹어 치울 듯 불어 대는
미친바람 속에서
넓게 잇고 깊게 품어
살아남은 작은 촛불 하나,
그 빛에 기대어 물레를 돌릴 때
비로소 꽃이 피고 나비가 난다.

"이 세상 모든 존재들이 소중했으면 좋겠다."
아이들이 떨리는 목소리로 드리는 평화의 기도는
너무 작고 여려서 세심히 귀 기울여야 그 아름다운 소리를 들을 수 있다.
'세상 모든 소중한 존재들'께 아이들의 평화 기도를 전하고 싶다.

골목길에서 민들레를 보았다.
거꾸로 매달려 뿌리를 하늘로 향한 민들레.

누군가 약으로 쓰려고 캐어 낸 것일까.
그냥 사진 한 장 박고 지나쳐 갔더랬다.

참 무심하다.
햇볕에 온몸이 말라 가면서도 안간힘을 다해
씨앗을 피워 낸 그 간절함을
그때는 왜 보지 못했을까.

온몸을 움츠리게 만드는 한겨울 추위 속에서
일용할 양식을 모두 내어 준 붉은 양파망이
골목을 따라 부는 바람에 날린다.

생각과 마음을 아무리 우겨 넣어도
무게 없는 허망함만 가득해 어느새 빈껍데기만이
흐르는 바람을 따라 날린다.

오늘과 내일의 경계에서
붉은 양파망 안에 다시금 채워야 하는 것이
알량한 내 바람이 아니라
내 양식이어야 한다는 것을
내 몸이어야 한다는 것을
골목에 이는 시린 바람이 뜨겁게 속삭인다.

작가의 말

20년, 내 성년의 대부분을 보낸 우리 동네는 쪼그라들 대로 쪼그라들었
다. 이곳에서 나는 나누고 또 나누어서 더 나눌 것이 없을 만큼 가난해
져서 모두가 넉넉해지는 하느님 나라, 평화의 공동체를 꿈꾸었다.

하지만 동네가 쪼그라들수록 내 꿈도 깜빡깜빡 위태롭게 그 빛을 잃어
가곤 했다. 그럴 때면 찬찬히 동네를 돌았다. 몇 걸음 걷다 보면 폐허가
된 빈집 앞에 발길이 멎고 적막함이 가슴을 훑어 내린다. 조금 더 힘을
내 골목 안으로 들어가면 이웃들의 낯익은 살림살이가 눈에 들어온다.
어디선가 아기 울음소리가 들리고 그 소리에 다시 힘을 내 발걸음을 옮
긴다.
골목을 돌아 올라가면 햇빛이 쏟아지는 모퉁이에 빨래가 널려 있다. 그
길을 따라 윗동네로 발길을 옮기면 여전히 동네 아줌마, 할머니들이 굴
과 마늘을 까고 계신다. 학교를 마친 아이들이 가방을 메고 그 옆을 스
쳐 지나간다.

잠시 그곳에 앉아 지나온 골목길을 바라본다.

동에서 서로 육백열네 걸음, 남에서 북으로 여든 걸음.
슬레이트 지붕 틈을 뚫고 골목길에 떨어지는 자투리 햇빛만큼 남은 동네에는 여전히 낮은 숨을 쉬는 가난한 이웃들이 삶을 이어 간다. 그 작은 동네 골목에서 아이들이 함께 밥을 나누어 먹는다. 그 골목으로 바람이 지나간다.

그 바람은 평화의 바람이 되어 골목 저편에 있는 대추리 이웃들을 만나고 공중화장실을 돌아 들어가 두 번째 집, 폭격으로 부숴진 이라크 친구들의 집 편지함에 위로와 연대의 편지를 꽂는다.
골목 끝자락 무너진 집 앞에서 용산 철거민 아줌마 아저씨들을 만나고, 포도나무가 심어진 내리막 골목에서는 제3세계의 어린 노동자들과 함께 눈물 흘리며 서로를 다독인다.

아이들은 작은 동네 그 골목으로 세상 곳곳의 후미진 길들을 잇고, 나는 그 길에서 다시 꿈을 꾼다.

어떤동네

© 유동훈 2010

2010년 11월 30일 처음 찍음
글 · 사진 유동훈 | 디자인 박대성
펴낸곳 낮은산 | 펴낸이 정광호 | 편집 신수진 | 제작 정호영
출판 등록 2000년 7월 19일 제10-2015호
주소 121-840 서울시 마포구 서교동 395-179 미르빌딩 6층
전자우편 littlemt@dreamwiz.com
전화 (02)335-7365 (편집) (02)335-7362(영업) | 전송 (02)335-7380
출력 · 제판 나모에디트 | 인쇄 · 제본 상지사 P&B

ISBN 978-89-89646-66-2   03810